Cartouche

Le testament du Roi-Soleil

Cette histoire est tirée du dessin animé
Cartouche, Prince des faubourgs, épisode 8 :
« Le testament du Roi-Soleil »

Idée originale d'Éric-Paul Marais et de Philippe Duchêne
Scénario original : Stéphane Melchior
Réalisation : Xavier Giacometti

Une production STORIMAGES - XILAM ANIMATION / M6 / TPS JEUNESSE / VIF

18 rue Barbès, 92128 Montrouge Cedex

Dépôt légal : avril 2010
ISBN : 978-2-7470-2999-5
Loi 49 956 du 16 juillet 1949 sur les publications destinées à la jeunesse.

Texte de Christophe Lambert
Illustrations de Diane Le Feyer

Cartouche

Le testament du Roi-Soleil

bayard poche

1

Le fugitif

L'homme courait sans marquer de pause ni même ralentir. Le claquement de ses semelles rythmait sa fuite éperdue à travers les rues de Paris. Ses vêtements étaient trempés. Il laissait de petites flaques d'eau derrière lui.

À bout de souffle, l'inconnu poussa la porte de la première taverne venue. C'était le *Chariot d'Or*, repaire du célèbre brigand Cartouche, le Prince des faubourgs.

Il y avait foule, ce jour-là, dans la grande salle du rez-de-chaussée. Tous les regards se tournèrent vers la silhouette titubante qui venait d'entrer. L'homme était plutôt grand, dégingandé. Il avait les cheveux en bataille et le visage amaigri.

– Par pitié, gémit-il.

Dans son égarement, il bouscula Mathurin, un joueur de vielle habitué à dépenser le peu qu'il gagnait en boisson.

– Hé ! cria Mathurin. Va donc, espèce d'affreux !

Vu la trogne antipathique du musicien, c'était vraiment l'hôpital qui se moquait de la Charité.

La veuve Richard, patronne de l'établissement, se montra plus accueillante.

– Qu'est-ce qui vous arrive, l'ami ? demanda-t-elle d'une voix soucieuse.

Le fugitif regarda cette robuste femme dans la force de l'âge qui s'approchait, son torchon sur l'épaule, puis sa vision se brouilla et il bascula.

– Attention, Galichon ! cria la matrone.

Un colosse aux cheveux roux dégustait sa soupe à la gauche de l'inconnu. Il n'eut pas le temps de se pousser. L'homme renversa sa table en tombant. Une assiette vola et, l'instant d'après, son contenu brûlant se répandit sur la poitrine de Galichon.

– Bougre de marsouin ! jura ce dernier en se dressant.

Bien que d'un naturel dévoué et généreux, ce grand gaillard, fidèle lieutenant de Cartouche, n'était pas précisément réputé pour son bon caractère. Tout le monde savait qu'il éprouvait de tendres sentiments à l'égard de la veuve Richard. Nul doute que de se voir ainsi ridiculisé en présence de sa bien-aimée n'allait pas améliorer son humeur déjà ombrageuse.

Galichon souleva d'un bras l'homme à moitié évanoui pour l'amener à la hauteur de son visage rouge de colère :

– Espèce de jeune blanc-bec ! Il va falloir vous expliquer...

Dans la salle, les voix et les rires se turent. Tout le monde était curieux d'entendre de quelle manière l'inconnu tenterait de se tirer d'embarras. Celui-ci ouvrit la bouche, comme un poisson hors de l'eau, mais aucun son n'en sortit. Ses pieds ne touchaient plus le sol. Il ressemblait à une marionnette ridicule.

– Alors ? tonna Galichon. J'attends !

Les yeux de l'homme se fermèrent et sa tête retomba en avant. Cette fois, il avait bel et bien perdu connaissance. Sa chemise se déchira dans un long craquement et il s'effondra aux pieds de Galichon.

– Là, sur son épaule, remarqua la veuve Richard.

Elle désignait une cicatrice violacée, en forme de fleur de lys !

L'expression de Galichon passa de la rage à la pitié en un quart de seconde.

– La marque des galériens, murmura-t-il.

Durant ses jeunes années, le compagnon de Cartouche avait trimé dans les galères royales, enchaîné à un banc de rame. Il était marin, à l'époque, et son seul tort avait été de se mutiner contre un capitaine sadique qui martyrisait son équipage.

– Je... je l'emmène à l'étage, bredouilla Galichon, plus ému qu'il ne voulait bien le montrer.

La veuve Richard hocha la tête.

– Allez, joue-nous donc quelque chose de joyeux, dit-elle à Mathurin en lui jetant une pièce.

Le musicien attrapa l'argent au vol :

– À vot' service, ma bonne dame.

Il fit tourner sa manivelle et, aussitôt, une petite ritournelle s'échappa de son instrument. La salle retrouva son joyeux tintamarre en quelques secondes. Les gens tapaient dans leurs mains. Certains convives se mirent à danser.

Soudain, le battant de la porte principale s'ouvrit avec fracas pour livrer passage à deux soldats et à un homme vêtu de noir : Falconi, le bras droit du Régent, Philippe d'Orléans.

– Silence ! cria-t-il. Toi, le musicien, fais taire ton crincrin, sinon...

Le sinistre personnage avait tiré son épée. C'était l'une des plus fines lames du royaume et, à la vue de son arme brillante, les clients se figèrent d'effroi.

La veuve Richard lança un regard discret vers l'escalier qui menait aux étages. Heureusement, Galichon et l'inconnu avaient disparu.

Falconi savait que Cartouche et ses compagnons traînaient souvent dans les parages mais il n'avait aucune preuve de la complicité de la veuve Richard. Jusqu'ici, ses fouilles s'étaient révélées infructueuses. Il enrageait. Les sentiments qu'il éprouvait à l'égard du célèbre bandit allaient bien au-delà d'une simple rancune de mauvais perdant confronté à un adversaire plus malin que lui. L'insolence, la jeunesse, la beauté... Pour l'âme damnée du Régent, tout en Cartouche évoquait François, son frère, cet aîné qu'il avait à la fois admiré et haï durant son enfance. François Falconi était brillant, irrespectueux... François Falconi avait du succès avec les demoiselles. Il réussissait tout ce qu'il entreprenait.

D'ailleurs, il allait entamer une prometteuse carrière dans l'armée quand il avait été victime d'une mauvaise chute de cheval. « Je n'ai rien pu faire, avait déclaré l'homme en noir à ses parents éplorés. Il s'est brisé le cou. Crac… et c'était fini ! »

Mathurin arrêta de jouer de sa vielle en produisant un couinement sec. Chacun retenait son souffle. Falconi circula entre les tables pendant une bonne minute, l'œil aux aguets, puis il s'arrêta devant la patronne.

– Nous cherchons un jeune homme maigrichon, dit-il, glacial.

– Que Monseigneur me pardonne, répondit la veuve Richard avec un sourire forcé. Il passe ici tellement de monde…

– Il était trempé de la tête aux pieds. Ce détail n'a pas pu vous échapper.

– Monseigneur a raison. Je l'aurais forcément remarqué : mes clients n'aiment pas trop l'eau, d'habitude.

Son ton ironique déclencha quelques rires nerveux dans l'assistance.

– Amusant, rétorqua Falconi.

Sa bouche était aussi mince que la cicatrice qui lui barrait verticalement le visage. Ses lèvres souriaient mais ses yeux dardaient des flèches invisibles. Il sortit une bourse de sa veste et la fit sauter dans sa main gantée de noir. Le message était clair : « Celui qui parlera empochera l'argent. »

Mathurin semblait fasciné. Il avança :

– Monseigneur, je...

La veuve Richard ne lui laissa pas le loisir de terminer sa phrase : son pied droit se tendit et heurta les chevilles du joueur de vielle, qui, déséquilibré, partit en avant.

– Hééééé !

Mathurin tenta de se rattraper en agrippant Falconi, mais celui-ci le repoussa sans dissimuler son dégoût :

– Lâche-moi, vil crapaud !

Il tourna les talons et sortit de l'auberge, suivi par les soldats en armes.

Dans la salle, le soulagement était général.

La veuve Richard foudroya Mathurin du regard :

– Tu allais faire une bêtise, toi, hein ?

– Moi, heu, non, pas du tout...

Le musicien se releva, l'air à la fois sournois et très content de lui. Il tenait une bourse de cuir dans sa main !

Les autres clients éclatèrent de rire, ravis du bon tour que Mathurin venait de jouer à Falconi. Seule la patronne semblait contrariée.

– Méfie-toi, dit-elle. Tu n'es pas de taille à te mesurer à ce bougre-là.

– Oh, loin de moi cette idée ! ricana le joueur de vielle. Je ne suis qu'un vil crapaud... mais un crapaud riche !

Un nouvel éclat de rire général secoua la taverne.

– Très joli spectacle, commenta Cartouche. J'ai particulièrement apprécié le dénouement.

Le célèbre bandit avait assisté à toute la scène depuis sa cachette aménagée dans les combles de l'auberge. Il décolla son œil du petit trou qui lui permettait de voir sans être vu et se tourna vers ses compagnons. Ils étaient tous là : la charmante Fleur d'Épine, avec son sourire qui semblait signifier « qui s'y frotte s'y pique », le Lorrain, élégant jeune homme à la moustache en vrille, et enfin Galichon. L'ancien galérien avait allongé le fugitif inanimé sur une paillasse. Celui-ci reprenait peu à peu ses esprits.

– Où suis-je ? fit-il.

La pièce sentait la poussière et le vieux bois. Des grains dorés voletaient parmi les rayons obliques qui filtraient des persiennes, pareils à des harpes de lumière.

Et puis il y avait l'ovale pur de ce visage d'une beauté radieuse, penché au-dessus de lui.

– Aurais-je gagné le paradis ? demanda-t-il.

– Pourquoi ? siffla Fleur d'Épine. Vous pensez l'avoir mérité ?

– N'êtes-vous pas un ange ?

Le Lorrain pouffa :

– Elle ? Plutôt une diablesse. Elle s'appelle Fleur d'Épine. (Il s'inclina.) Moi, c'est le Lorrain. Vous connaissez déjà Galichon, je crois. Et voici Cartouche, notre chef.

Les yeux de l'inconnu s'arrêtèrent sur un visage avenant qu'il avait déjà vu placardé sur les murs de la capitale.

– Cartouche ? hoqueta-t-il. Le renégat ? La bête noire du Régent ?

– Gardez vos flatteries, répliqua l'intéressé, un sourire bienveillant aux lèvres. Vous n'avez rien à craindre de nous.

Mis en confiance, l'homme se redressa :

– Je me nomme Philippe d'Armantières et je remercie le hasard qui m'a conduit jusqu'à vous.

Il sortit de son pantalon une pochette de cuir rouge foncé et l'ouvrit sous le regard intrigué des Cartouchiens.

– Qu'est-ce que c'est que ça ? grogna Galichon.

D'Armantières brandit un document de papier fermé par un gros cachet de cire. Plein d'emphase, il déclara :

– Ce que je vais vous révéler pourrait bien changer l'avenir du royaume !

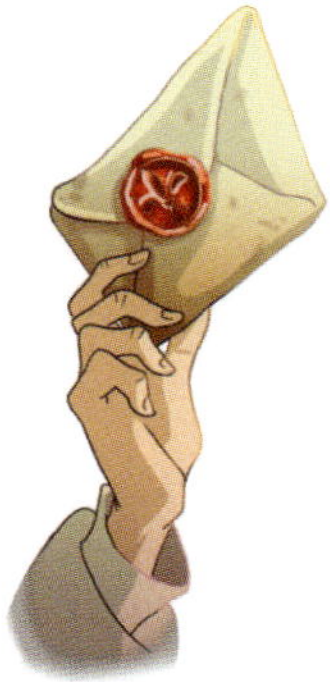

2

Le testament caché

Le bureau secret du Régent se trouvait au dernier étage du Palais-Royal. À première vue, l'endroit ressemblait à un atelier d'horlogerie. Depuis son plus jeune âge, Philippe d'Orléans vouait une passion sans bornes à la fabrication des automates. Le gros homme manipulait rouages dentés et délicats mécanismes avec une précision d'orfèvre. Dans un coin de la pièce, des silhouettes poudrées et coiffées de perruques n'attendaient que

son bon plaisir pour s'animer. Il aurait aimé que ses sujets soient semblables à ces pantins sans vie, car il avait un pouvoir total sur eux.

Quelqu'un frappa à la porte.

– Entrez, Falconi.

L'homme en noir était la seule personne à connaître le passage secret menant à ce repaire.

Falconi referma la porte derrière lui et s'inclina avec déférence.

– Alors, mon bon ami, quelles sont les nouvelles ? siffla Philippe d'Orléans sans lever les yeux de la figurine sur laquelle il travaillait.

Falconi fronça les sourcils. Ce petit automate haut d'une trentaine de centimètres était son double parfait. Comme lui, il avait une balafre et le teint cireux. Comme lui, il portait des vêtements sombres. Un Falconi modèle réduit !

L'original déglutit :

– Hum, Votre Excellence... C'est au sujet du jeune Philippe d'Armantières, votre secrétaire. Il s'est évadé du fourgon qui le transportait...

– Bien sûr. C'était le plan, non ?

– Certes, mais... ensuite, il nous a échappé.

La bouche du Régent se tordit en un pli amer. Il se mit à remonter une petite clé dans le dos du Falconi miniature.

– Aucun regret, aucune colère, dit-il dans un soupir. Pas la moindre trace d'émotion... Mais une soumission totale et un dévouement absolu.

Tout en parlant, il couvait des yeux sa création. Quand le ressort fut remonté à bloc, l'automate se mit à marcher, l'épée au poing, avec une froide régularité.

– Une créature obéissante, qui ignore la douleur, reprit Philippe d'Orléans. Une créature qui peut aller jusqu'au sacrifice ultime.

Falconi suivait ce petit manège d'un air impassible mais, au fond de lui, il savait très bien où son maître voulait en venir. Menacer les gens de manière indirecte était l'un des exercices préférés du Régent. L'homme en noir frémit quand son double, approchant inexorablement du bout de la table, s'immobilisa à un centimètre du bord, dans un équilibre précaire.

Enfin, Philippe d'Orléans daigna lever le regard vers son interlocuteur :

– Si d'Armantières n'était pas retrouvé, ainsi que le document qu'il nous a dérobé, je perdrais le pouvoir... Mais vous, mon cher, perdriez bien plus encore.

D'une pichenette il poussa l'automate dans le vide. Ce dernier se fracassa sur le parquet dans un jaillissement de ressorts et de petites pièces métalliques.

Falconi s'inclina de nouveau et prit congé, la gorge nouée par un sentiment qui ne lui était guère familier : la peur.

Pendant ce temps, dans les combles du *Chariot d'Or*, les Cartouchiens écoutaient, captivés, le récit de Philippe d'Armantières :

– Un soir que je travaillais plus tard que d'habitude dans les bureaux du Régent, j'ai découvert ce document, totalement par hasard.

Il montra le papier au gros cachet de cire rouge avant de poursuivre :

– Cet emblème est la marque des rois de France.

Personne d'autre n'a le droit de l'utiliser. J'ai tout de suite compris qu'il devait s'agir de quelque chose de très important. Je ne me suis pas trompé : je venais de mettre la main sur l'authentique testament de Sa Majesté Louis XIV !

– Mais il n'est même pas ouvert ! s'étonna Fleur d'Épine.

D'Armantières sourit :

– J'ai chauffé un coupe-papier à la flamme d'une chandelle, puis je suis parvenu à décoller le cachet sans le briser en faisant glisser la lame par en dessous.

– Que dit ce testament ? demanda Cartouche, qui semblait de plus en plus passionné.

– Le Roi-Soleil voulait qu'après sa mort le pouvoir soit partagé entre deux hommes : l'actuel Régent et surtout le duc du Maine !

Le Lorrain lissa sa moustache avant de déclarer :

– Philippe d'Orléans aurait donc volé le testament et désobéi à la volonté de Louis XIV ?

– Exact, acquiesça d'Armantières. J'étais en train de refermer le document lorsque Falconi est entré dans les bureaux. Pour m'enfuir, j'ai dû enjamber la balustrade d'un balcon et sauter dans la cour du Palais-Royal.

– Et ensuite ? questionna Fleur d'Épine.

– J'ai eu le temps de cacher le document sous une pierre mal scellée du Pont Neuf, mais des soldats du guet m'ont capturé juste après.

– Je devine le reste, grommela Galichon. On vous a marqué au fer rouge et condamné aux galères, c'est ça ?

– Oui. Car je refusais d'avouer où j'avais dissimulé le testament. J'allais passer le reste de ma vie à souffrir comme un esclave, enchaîné à un banc avec d'autres forçats...

Cartouche intervint :

– Comment vous êtes-vous évadé ?

– La serrure de la porte du fourgon qui me conduisait au bateau était cassée. J'ai sauté en marche. Bien entendu, c'était un piège mais, sur le coup, j'étais si heureux que je n'ai pas hésité un instant. J'ai couru jusqu'au Pont Neuf. Au moment où je récupérais le document, j'ai vu que Falconi et ses sbires m'avaient pris en filature. J'ai plongé dans la Seine, nagé puis erré au hasard des rues, la police sur mes talons, et c'est ainsi que j'ai atterri au *Chariot d'Or* !

Un lourd silence succéda à ce flot de paroles. Tous les regards étaient tournés vers Cartouche, le chef.

– Bien, dit celui-ci. Je crois qu'il n'y a qu'une seule chose à faire...

– Mais encore ? demanda Galichon.

Cartouche prit le testament et annonça :

– Nous allons trouver le duc du Maine et nous lui remettrons ce document en main propre.

Puis, avec un clin d'œil :

– Je suis persuadé que ça l'intéressera beaucoup.

Tapi à l'angle d'une rue, sa vielle attachée par des sangles sur son dos, Mathurin ne quittait pas des yeux les grilles du Palais-Royal. Les poches du musicien étaient vides. Il ne lui avait pas fallu plus d'une heure pour dilapider son butin en vinasse et tournées générales. Évidemment, se jeter de nouveau dans les pattes de Falconi était plutôt risqué… mais le jeu en valait la chandelle.

Enfin, après une longue attente, une silhouette familière passa entre les deux gardes postés en faction devant l'édifice.

– Monseigneur, dit Mathurin en s'élançant. S'il vous plaît, Monseigneur...

Falconi l'avait reconnu. Il s'arrêta :

– Que veux-tu encore ?

– Je sais peut-être où se trouve le fugitif.

– Continue, tu m'intéresses...

– Lors de votre visite au *Chariot d'Or*, le jeune homme était bien là. Si Monseigneur fait vite, il l'y trouvera encore. N'ai-je pas droit à une petite récompense ?

Falconi le toisait comme il l'aurait fait avec un cloporte sur le point d'être écrasé sous sa botte. L'homme en noir se pencha. Il souriait, mais il y avait du givre dans sa voix quand il déclara :

– Je t'ai déjà payé ce renseignement, il me semble. Tu ne te souviens pas ? Une petite bourse richement garnie ?

Mathurin recula, blanc comme un linge. Falconi appela les gardes :

– Saisissez-vous de ce voleur et conduisez-le à la prison du Châtelet avec ses semblables !

Mathurin se mit à courir. Il ne fit pas dix mètres : plus jeunes et plus vifs, les soldats lui sautèrent dessus et le rouèrent de coups ! Alourdi par sa vielle, le musicien n'avait même pas réussi à atteindre le coin de la rue.

– Pitié, non, Monseigneur !

Le malheureux se débattait comme il pouvait mais les gardes le maintenaient fermement. De son côté, Falconi demeurait indifférent aux supplications du prisonnier.

– D'Armantières, je te tiens, marmonna-t-il, un sourire de mauvais augure s'élargissant sur sa face blafarde.

3

Un duc difficile à amadouer

La nuit était tombée sur la capitale. La veuve Richard avait mis ses derniers clients dehors. Bien qu'épuisée par sa journée de travail, elle nettoyait son comptoir avec application. Attablés un peu plus loin, Fleur d'Épine, Galichon et Philippe d'Armantières discutaient tout en mangeant le délicieux pot-au-feu mitonné par la patronne.

– Je m'inquiète pour vos amis, confessa le jeune homme une fois son assiette saucée.

– Cartouche et le Lorrain ? fit Galichon. Allons donc... Vous avez eu raison de leur confier le testament. Ils réussiront à le remettre au duc du Maine, n'en doutez pas.

Tout à coup, la porte de l'auberge fut projetée hors de ses gonds dans un grand fracas, et Falconi surgit, l'épée au poing. Les deux gardes qui l'accompagnaient avaient lâché leur bélier pour saisir des hallebardes, l'arme typique des soldats du guet.

– Falconi, quelle bonne surprise ! lança Fleur d'Épine.

Elle était déjà debout et prête au combat, tout comme Galichon.

– Gardes, saisissez-vous de ces trois-là ! ordonna l'homme en noir. Et n'oubliez pas, il me faut d'Armantières vivant !

Les Cartouchiens faisaient barrage devant leur protégé, résolus à donner du fil à retordre aux forces de l'ordre.

Décidant qu'ils s'étaient suffisamment observés, Galichon attrapa un tabouret et le lança à la face du premier soldat. Celui-ci le sentit frôler son oreille. Le meuble vola en éclats sur le mur, juste derrière lui. Son comparse se jeta dans la bagarre sans tarder. Galichon esquiva la hallebarde d'un bond de côté. L'arme vint se ficher dans la table sous laquelle d'Armantières s'était réfugié. Le secrétaire vit la lame traverser le bois et s'immobiliser à deux centimètres de son front.

– Ah, on veut jouer à ce petit jeu-là ? rugit Galichon.

Il arracha la hallebarde pour la briser en deux sur son genou.

Pendant ce temps, Fleur d'Épine était occupée à ferrailler avec Falconi. Les épées tintaient à chaque choc et le rythme du duel allait en s'accélérant. La jeune fille se débrouillait bien, mais son adversaire avait davantage d'expérience. Il se battait dans un tourbillon de cape noire et sa vitesse d'exécution semblait prodigieuse. Sur son visage se lisait l'assurance des vainqueurs.

– Soyez raisonnable, mademoiselle, dit-il, sarcastique. Vous aurez tout le temps de mourir plus tard.

La veuve Richard observait la scène depuis son comptoir, pétrifiée d'angoisse. Qu'aurait-elle pu faire pour aider ses amis ?

Galichon était sur le point d'assommer le garde qui l'avait attaqué quand il entendit d'Armantières crier :

– Non, pitié !

Il se retourna. Le jeune homme avait été sorti de sa cachette par l'autre soldat. Ce dernier pressait la pointe de sa hallebarde contre le cœur du secrétaire terrorisé.

Galichon se débarrassa de « son » garde et Fleur d'Épine lâcha son épée, la rage au cœur.

– Vous gagnez cette manche, dit-elle à son ennemi.

– Mais la partie est loin d'être terminée, c'est ça? ricana Falconi. Gardez votre éloquence pour le bourreau, ma jolie.

On entendit alors un grand bruit derrière le comptoir.

La veuve Richard venait de s'évanouir.

L'aube s'était levée depuis peu et, déjà, une foule animée se bousculait sur le plus vieux pont de Paris : le Pont... Neuf!

Il y avait là des gentilshommes mais aussi des manants, des marchands de vinaigre, leur brouette chargée de tonneaux, des porteurs d'eau, de charbon... On pouvait voir sur les étals des fripes, des livres, des gourmandises et des remèdes en tous genres.

– Délicat, ce parfum, dit le Lorrain en reniflant le contenu d'un flacon débouché.

– Nous ne sommes pas là pour faire notre marché, le tança Cartouche.

Il avait aperçu un somptueux carrosse mené par quatre chevaux, qui arrivait sur le pont.

– C'est la voiture du duc ! lâcha-t-il. La chance est avec nous.

Il savait que le noble personnage empruntait ce trajet tous les jours, mais il n'était pas sûr de l'heure de son passage.

Le Lorrain reposa le flacon, non sans avoir versé quelques gouttes sous son menton. Il avait beau être un homme d'action, il mettait un point d'honneur à toujours prendre soin de sa personne.

Cartouche attendit que l'attelage arrivât à sa hauteur puis, d'un bond agile, il sauta sur le marchepied et ouvrit la porte. De son côté, le Lorrain avait atterri sur le siège du cocher.

– On continue la balade, dit-il au brave homme en lui aiguillonnant les côtes avec une dague.

– Mais… mais…

– Pas de panique. Nous voulons juste avoir une petite conversation avec ton maître.

Dans la voiture, les choses se passaient nettement moins bien.

– Aïe ! glapit Cartouche, accueilli par une pluie de coups.

Le duc du Maine avait beau être un vieillard tout rabougri, il faisait preuve d'une étonnante vitalité.

– Dehors ! répétait-il en frappant l'intrus du pommeau de sa canne. Sortez d'ici immédiatement, bandit !

Il avait un grand nez et de petits yeux brillants. De la bave coulait à la commissure de ses lèvres déformées par un rictus hargneux. Sa perruque, tout en boucles et en vaguelettes aux reflets bleus, tressautait sur sa tête à chaque cahot.

– Mais… Aïe ! glapit Cartouche, qui se protégeait comme il pouvait. Attendez au moins de savoir pourquoi je… Ouille !

C'est alors qu'il remarqua la cassette aux finitions ouvragées que le duc tentait de dissimuler. Le vieillard

vit qu'il
avait vu, et sa
panique parut redoubler. Il se mit à hurler :

– À moi ! À l'assassin !

Alarmé par ce cri, le conducteur voulut décocher un coup de fouet au Lorrain, qui arrêta son geste en lui attrapant le poignet. La lanière claqua juste au-dessus des oreilles des chevaux. Effrayés, les animaux partirent au

galop et le cocher fut projeté hors de l'attelage par la secousse. Son dos brisa l'étal portatif d'un poissonnier. Il roula au milieu des caisses de sardines et de maquereaux, assommé par le choc.

– C'est parti, accrochez-vous là-dedans ! lança le Lorrain en récupérant les rênes. Yaaaaah !

Le carrosse fendit la foule et prit le premier virage venu sur deux roues. À l'intérieur, Cartouche et le duc ne cessaient de se cogner, projetés dans tous les sens.

Quelques minutes plus tard, l'attelage franchit l'une des portes de Paris pour s'élancer vers la campagne à tombeau ouvert.

– Arrêtez cette voiture ! postillonnait le duc du Maine.

Cartouche avait réussi à l'immobiliser mais pas à le faire taire, et la voix aiguë du vieillard lui vrillait les tympans.

– Allons, allons, du calme, gronda le hors-la-loi, qui avait l'impression de tenir un gros bébé braillard sur ses genoux.

Le Lorrain arrêta le carrosse le long d'un chemin creux, aux abords d'un bois dont les feuillages frémissaient sous la caresse du vent.

– Pas d'habitations aux environs, marmonna le jeune homme en descendant à terre. Ici, ce sera parfait.

Il ouvrit la porte latérale et recula devant les vociférations du duc :

– Gredins ! Je vous ferai pendre !

– Bravo, Cartouche ! pouffa le Lorrain. C'est ainsi que tu prends soin de la fine fleur du royaume ?

– Cartouche ! s'exclama le noble. Vous êtes le fameux bandit ? Maudits ! Jamais vous n'aurez mon or !

– Bon, souffla Cartouche en se frottant le cuir chevelu. Je sens que ça va être compliqué…

4

Une mauvaise surprise

– Alors c'est donc vrai ? demanda le Régent d'une voix traînante. Aucun de vous ne détient le testament du roi ? Comme c'est fâcheux.

Les trois prisonniers avaient été amenés dans son bureau officiel, une vaste pièce richement meublée. Stoïques, les poignets entravés, d'Armantières et les deux Cartouchiens attendaient de savoir à quelle sauce le Régent comptait les accommoder. Falconi était là,

bien sûr. L'homme en noir ne perdait pas une miette de la scène. Il aimait voir son maître jouer au chat et à la souris avec ses futures victimes avant d'ordonner leur mise à mort.

Soudain, d'Armantières eut un sursaut de courage.

– La partie est finie pour vous, Monseigneur ! déclara-t-il avec morgue. En ce moment même, grâce à Cartouche, le document est entre les mains du duc du Maine. Nous serons bientôt libres... Et vous, condamné à l'exil !

Philippe d'Orléans gratta son double menton :

– Ce que je vois, moi, pour l'instant, c'est que vous êtes mes otages. J'ai donc encore quelques cartes dans mon jeu.

Il parlait autant pour lui-même que pour les captifs.

Falconi se pencha à son oreille :

– Monseigneur, laissez-moi corriger ce vilain petit roquet.

– Pas d'impatience, mon ami, répliqua le Régent. Je vous promets que vous pourrez vous amuser avec nos invités une fois les choses rentrées dans l'ordre... Mais, pour l'heure, je préfère ménager cette frêle demoiselle et ses deux compagnons.

Falconi acquiesça à contrecœur. Il reprit sa place en retrait, les mains sagement nouées derrière le dos, mais son regard brûlant valait toutes les menaces du monde.

Cartouche et le Lorrain avaient attaché leur prisonnier à un arbre, en bordure du chemin. La perruque du duc était tombée dans l'herbe, révélant son crâne chauve, lisse comme un œuf. Le petit vieux se contorsionnait pour se libérer mais il n'y avait rien à faire.

Galichon avait appris à son chef comment réaliser des nœuds de marin particulièrement résistants. Fou de rage, l'aristocrate montrait les dents – enfin, celles qui lui restaient – à la manière d'un chien méchant :

– Lâches ! Faquins ! Butors !

Sa réserve d'insultes paraissait inépuisable.

– Calmez-vous, Monsieur le duc, soupira Cartouche. Je regrette de vous avoir ligoté mais vous ne nous laissez guère le choix.

– Rassurez-vous, nous ne sommes pas là pour votre or, ajouta le Lorrain.

Le coffret ouvert reposait par terre. En signe de bonne volonté, les deux compères n'avaient pas touché à son précieux contenu. Cartouche s'avança et brandit le testament sous le nez du duc.

– Ce document est rédigé de la main de sa majesté Louis XIV, annonça-t-il. Il vous est destiné.

– Le roi ? aboya le vieillard, interloqué. Mais alors... Ouvrez-le, vite !

Cartouche brisa le sceau et déplia le papier parcheminé.

– Qu'est-ce qu'il y a ? questionna le Lorrain en avisant la mine consternée de son ami.

Celui-ci lui tendit le testament… recouvert de grosses taches d'encre noire !

– Mais… c'est parfaitement illisible ! s'épouvanta le Lorrain.

En un instant, le duc du Maine retrouva sa hargne :

– Cette plaisanterie a assez duré ! Détachez-moi immédiatement !

Cartouche se tourna vers son compagnon :

– Prenons deux chevaux du carrosse. Il faut transmettre la nouvelle à nos amis au plus vite !

Dans le grand bureau du Régent, la pendule égrenait ses tic-tac monotones. Philippe d'Orléans réfléchissait en tapotant du doigt sur sa cuisse. Les yeux mi-clos, il examinait la situation sous toutes les coutures. Si d'Armantières avait dit vrai, Cartouche ou le duc du Maine n'allaient pas tarder à se manifester. C'était à leur tour de bouger un pion dans le subtil jeu qui venait de s'engager. Il n'y avait pas grand-chose à faire sinon attendre.

– Pffff, c'est long, grommela le maître des lieux.

Son visage bouffi s'éclaira brusquement. Il avait trouvé comment rompre cet ennui mortel sans compromettre sa stratégie :

– J'ai une idée !

Falconi s'approcha, prêt à exécuter n'importe quel ordre :

– Je vous écoute, Votre Excellence.

Philippe d'Orléans pointa le doigt sur les trois prisonniers assis en face de lui.

– Nous n'avons pas besoin de les garder tous en bon état, dans le fond, dit-il, perfide à souhait. Je vous donne l'autorisation de vous amuser avec l'un d'eux. Cela nous aidera à passer le temps.

– Je peux choisir ?

– Oui, mon ami, faites donc.

Falconi promena son regard de rapace sur Fleur d'Épine et les deux hommes. Le costaud était un rustre indigne de se mesurer à lui. La fille semblait plus intéressante. Il hésitait entre elle et l'ancien secrétaire du Régent. Il n'avait pas apprécié l'arrogance dont ce dernier avait fait preuve, tout à l'heure. De plus, d'Armantières était à l'origine de toute cette lamentable histoire...

– Je pense avoir arrêté mon choix, siffla Falconi.

Il dégaina son épée dans un geste ample et théâtral.

Quand Cartouche et le Lorrain arrivèrent au *Chariot d'Or*, la veuve Richard était encore en train de

remettre en place le mobilier renversé durant la bagarre. Le Prince des faubourgs se figea sur le seuil de la salle. Il avait tout à coup le cœur serré par un mauvais pressentiment.

– Que s'est-il passé, ici ? lança-t-il sans chercher à masquer son inquiétude.

– Falconi et les soldats, gémit la maîtresse femme. Ils ont capturé Galichon, Fleur d'Épine et le jeune fugitif... Ils les ont emmenés au Palais-Royal.

Le Lorrain se laissa tomber sur un banc, découragé :

– Cela ne va pas être simple de les tirer de ce guêpier.

– Nous avons déjà réussi un tel exploit, le brusqua Cartouche. Rappelle-toi l'affaire du trésor des Templiers.

– En quoi veux-tu qu'on se déguise cette fois ? En courtisanes ? En montreurs d'ours ? En nains ?

Cartouche sourit en exhibant le testament :

– Nous n'aurons pas besoin de déguisement. Car nous avons ceci !

– Allons, ce document ne vaut rien, protesta le Lorrain.

Cartouche lui fit un clin d'œil :

– Toi et moi le savons. Mais pas nos ennemis !

5

Cartouche à la rescousse

Falconi avait emprunté l'épée de l'un des deux soldats présents dans le bureau du Régent. Il tenait cette seconde arme par la lame, juste sous la garde. Le visage barré par un sourire de squale, il s'avança vers l'ancien secrétaire et trancha ses liens avec sa propre épée.

– Vous n'êtes qu'un stupide phraseur, d'Armantières, siffla-t-il, l'œil étincelant.

Le prisonnier frotta ses poignets endoloris par la morsure de la corde. L'expression de son visage était neutre, mais les tremblements qui parcouraient son corps témoignaient de sa peur grandissante.

– Voici une chance de gagner votre liberté, poursuivit Falconi. Et aussi de vous comporter en homme, peut-être pour la première fois de votre vie !

Il lança l'épée du garde à d'Armantières, qui l'attrapa au vol, par réflexe plus que par bravade.

– Je ne comprends pas, bredouilla celui-ci.

– C'est pourtant clair, railla Falconi. Il s'agit d'une affaire d'honneur.

Galichon s'empourpra :

– Mensonge ! C'est une exécution pure et simple !

Confortablement installé dans son fauteuil de travail, Philippe d'Orléans jubilait. Il connaissait bien Falconi. D'Armantières allait souffrir et aurait cent fois le temps de supplier qu'on l'achevât avant de recevoir le coup de grâce libérateur. Le spectacle promettait d'être hautement divertissant.

– Espèce de rat puant ! s'exclama Fleur d'Épine. Choisissez au moins un adversaire à votre mesure.

Falconi s'immobilisa, aussi raide que l'automate fabriqué à son effigie. L'insulte avait fait mouche. Il pivota et, dans le même mouvement, coupa la corde qui entravait les poignets de la jeune fille.

– En voilà assez de votre impertinence, cracha-t-il. N'attendez de moi aucune clémence.

– Vous vous essayez aux rimes, maintenant ?

Falconi fit mine d'ignorer le sarcasme. Pointant son menton anguleux vers d'Armantières, il commanda :

– Confiez donc votre arme à cette péronnelle.

Penaud, le prisonnier obéit. Galichon était sur le point de foncer tête baissée mais les deux gardes le stoppèrent.

– Ne t'inquiète pas, lui dit Fleur d'Épine en fouettant l'air de sa lame. Je sais me défendre.

– C'est ce que nous allons voir, jeta Falconi en se fendant d'un coup mortel.

Fleur d'Épine dévia l'attaque grâce à une parade bien ajustée.

– Superbe ! gloussa le Régent, ravi par ce hors-d'œuvre.

La jeune fille recula, prête à un nouvel assaut.

– Décidément, grinça-t-elle, vous manquez totalement d'élégance.

– Je voulais tester vos réflexes, riposta Falconi.

Il attaqua de nouveau, sa phrase à peine achevée. Il semblait déchaîné et frappait sous tous les angles possibles et imaginables. Fleur d'Épine luttait pour ne pas perdre du terrain. Elle en était réduite à la défensive alors que Falconi ne doutait pas un instant de sa victoire.

– Bravo, oui, très joli, commentait Philippe d'Orléans, ses bajoues frémissant comme de la gélatine.

Fleur d'Épine esquivait et bloquait les coups tout en cherchant une faille dans le style incisif de son adversaire. Ce dernier avait pour lui la force physique et d'impressionnantes compétences accumulées au cours des années. La jeune fille ne pouvait compter que sur son agilité, sa dextérité… et son instinct !

Tentant le tout pour le tout, elle essaya de reprendre l'avantage en visant le bras droit de Falconi, celui qui tenait l'épée ; au lieu de quoi sa lame troua la cape virevoltante de l'homme en noir. Un sourire plein d'une joie malsaine flottant sur ses lèvres, ce dernier désarma Fleur d'Épine d'un habile moulinet du poignet. L'épée rebondit sur le parquet ciré, à trois mètres de la jeune fille.

Falconi glissa le fil de son arme sous la gorge de celle qui avait osé le défier.

– Peut-être que si vous me suppliez..., dit-il.

– Plutôt la mort, rétorqua Fleur d'Épine, catégorique.

À cet instant, la vitre de la fenêtre la plus proche vola en éclats et une silhouette athlétique roula au sol.

– Cartouche ! cria Galichon, le cœur prêt à exploser.

Une seconde plus tard, le Lorrain fit son entrée en empruntant le même chemin que son chef. Les deux hommes se relevèrent simultanément, prêts à en découdre.

– Que signi..., commença Falconi.

Fleur d'Épine lui faucha les genoux d'un ample balayage de sa jambe. Il tomba à la renverse et d'Armantières se saisit aussitôt de son épée.

– Tel est pris qui croyait prendre, railla le secrétaire.

Les deux gardes étaient en attente d'un ordre. La main de Philippe d'Orléans glissa vers le petit tiroir dans lequel il avait coutume de ranger son pistolet.

– À votre place, je ne ferais pas ça, conseilla Cartouche. Votre bras droit est à notre merci, et vous n'avez pas envie de devenir manchot, je me trompe ?

Le Régent ramena sagement sa main sur le bureau.

– D'accord, acquiesça-t-il. Parlons affaires... Je suppose que vous avez le testament en votre possession, mon cher Cartouche ?

– En effet. Je suis prêt à vous l'échanger contre mes amis ici présents...

Philippe d'Orléans parut peser le pour et le contre mentalement durant une poignée de secondes, puis il déclara :

– D'accord. Le marché semble honnête.

Il avait l'habitude de négocier, manipuler, transiger. Le plus important était de récupérer le document. D'Armantières et les deux Cartouchiens n'avaient guère plus de valeur à ses yeux que du menu fretin. Le gros homme déplia un papier, sur lequel il se mit à écrire de sa plus belle plume.

– Je rédige une lettre de libération pour vos trois camarades... Voilà, il n'y a plus qu'à signer.

Lorsque ce fut chose faite, il tendit le document au chef des bandits.

– Vous êtes un homme courageux, mon ami, décréta-t-il, un léger sourire en coin. Mais un jour, pourtant, il faudra bien que je vous fasse pendre.

– Le plus tard possible, j'espère, plaisanta joyeusement Cartouche en s'emparant de la lettre de libération.

Falconi fulminait. Il voulut se relever mais la pointe de sa propre épée l'en empêchait.

– Votre Excellence, Monseigneur, veuillez accepter mes salutations distinguées, dit Cartouche.

Il siffla. Ses amis se précipitèrent vers la fenêtre avant de disparaître dans un ample tournoiement de rideaux couleur carmin.

Le testament de Louis XIV était resté sur le sol.

Le Régent le ramassa pendant que Falconi, humilié, regardait les Cartouchiens s'enfuir au dehors.

– Un jour, je t'aurai, Cartouche, murmura-t-il comme dans un sombre serment adressé à lui-même.

Il sursauta quand le rire gras du Régent éclata dans son dos.

– Qu'y a-t-il, Votre Excellence ?

– Ha, ha, ha ! c'est drôle ! Voyez plutôt ça, Falconi.

Les yeux de son homme de main s'agrandirent. Le testament n'était qu'un misérable papier barbouillé de taches d'encre délavées !

– Tout ça pour ça ? éructa Falconi, les dents serrées comme un étau.

– Allons, très cher, il faut voir le bon côté des choses. Ma place n'est plus menacée et vous sauvez votre tête... en dépit de vos échecs répétés !

Le sbire du Régent froissa le document en refermant son poing ganté dessus. Un jour, Cartouche finirait bien par commettre une erreur, et ce jour-là, lui, Falconi, serait là pour lui faire payer toutes ces avanies... en lui brisant le cou, par exemple. L'homme en noir avait de l'entraînement !

Après s'être fondus dans la foule tumultueuse qui encombrait les rues de Paris, d'Armantières et les Cartouchiens regagnèrent le *Chariot d'Or*. Une porte dérobée menant aux combles leur évita de passer par la salle. Cartouche frappa une volée de coups sur le plancher. C'était le signal convenu avec la veuve Richard. La patronne fit son apparition quelques minutes plus tard, les bras chargés d'un plateau de victuailles.

– Quel soulagement de vous revoir tous sains et saufs, lança-t-elle.

– Je ne vous remercierai jamais assez, mes amis, dit d'Armantières en s'adressant à toute la bande. Il n'y a qu'une chose qui me chagrine : le Régent a récupéré le testament et il conserve le pouvoir...

Le Lorrain lui donna une tape sur l'épaule :

– Ne soyez pas triste. Le testament ne valait plus rien et notre chef a réussi un coup de maître en l'échangeant contre votre liberté.

– Hein ? Comment ça, « plus rien » ?

– Lorsque vous avez plongé dans la Seine...

– L'eau du fleuve a tout effacé, termina d'Armantières, catastrophé. Quel imbécile ! À cause de moi, le testament du Roi-Soleil n'a pas plus de valeur qu'un vulgaire torchon.

Galichon saisit une cuisse de poulet sur le plateau apporté par la veuve Richard.

– Bon, d'accord, grommela-t-il. On n'a pas changé le destin du royaume, mais on est vivants et libres. C'est déjà pas si mal.

– Au fait, à quoi il ressemble, le duc du Maine ? questionna Fleur d'Épine.

Le Lorrain et Cartouche grimacèrent.

– Oups, gloussa le jeune noble. On l'a complètement oublié, celui-là.

Le Prince des faubourgs se fendit d'un sourire acide :

– Hum, vu le bonhomme, ça vaut peut-être mieux pour la France...

À des lieues et des lieues de là, le vieillard avait fini par s'endormir, attaché à son arbre. Il ronflait. Il bavait.

Il semblait enfin serein. Miséricordieux, le sommeil lui épargna une vision qui l'aurait transi d'horreur : une pie posée sur le rebord de la fameuse cassette fouillait de son bec le tas de pièces d'or...

Une succession

Lorsque Louis XIV s'éteint le 1er septembre 1715, il a régné 72 ans et passé 54 ans au pouvoir. C'est le plus long règne de toute l'histoire de France. Son héritier direct, Louis de France, le Grand Dauphin, est mort de la variole trois ans plus tôt. Et c'est une épidémie de rougeole qui, en 1712, a fauché le petit-fils et le fils du Grand Dauphin. Bref, au moment du décès du Roi-Soleil, il ne reste plus dans cette branche de la famille que l'arrière-petit-fils de Louis XIV, le duc d'Anjou qui n'a que 5 ans. Ce sera lui le futur roi, Louis XV !

En attendant sa majorité, à qui confier les rênes du pays ? Comme il est raconté dans ce roman, le Roi-Soleil aurait aimé que la régence soit assurée par le duc du Maine, son enfant issu d'une liaison illégitime avec Madame de Montespan, une séduisante dame de la cour qui était sa favorite. Le neveu de Louis XIV, l'ambitieux Philippe d'Orléans, n'aurait tenu alors qu'un rôle purement honorifique : président du conseil de régence. Mais ce dernier ne l'entendait pas de cette oreille. Rusé comme un renard, il s'allia avec les parlementaires de Paris et se fit attribuer le rôle de Régent, qu'il convoitait tant...

Philippe d'Orléans exerça les fonctions de Régent jusqu'au premier jour de la majorité, alors fixée à 13 ans, de Louis XV. Il mourut quelques mois plus tard, en 1723.

Dans la collection

Cartouche

découvre :

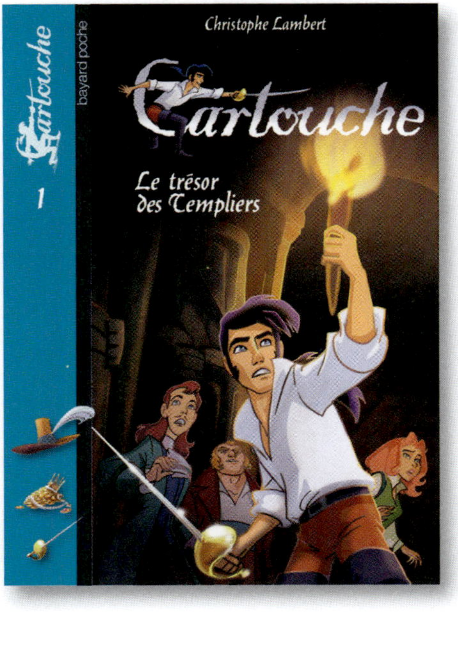

À LA TÉLÉVISION
PUBLICITÉ
Loulou de Montmartre
Le destin extraordinaire d'une grande danseuse !
F. Boublil • J. Helpert • O. Dehors T. Leclere
Loulou de Montmartre
Le portrait de Sofia
(11)
bayard poche
Libérez Trompe-la-Mort
(10)
Le Lac des Cygnes
(12)
Déjà 12 tomes parus
Crédit illustration : Loïc Derrien, © PICTOR MÉDIA / THE ANIMATION BAND
En librairie • 5,90 €
bayard

Achevé d'imprimer en mars 2010 par Pollina S.A.
85400 Luçon - N° Impression : L51742B
Imprimé en France